안녕하세요? 이웃집수달입니다!

안녕하세요?
이웃집수달입니다!

Welcome, Otter's Home!

내 이름은 모카

안녕하세요!
저는 작은발톱수달 모카예요.
고양이나 강아지 친구들은 많이 봤지만,
수달이라니 신기하지 않나요?
수달이기 때문에 볼 수 있는
특별하고 다양한 매력들이 많답니다.
저희 엄마, 아빠도 소개할게요.
엄마는 라떼, 아빠는 돌체예요.
저희를 돌봐 주시는
할비, 할미도 있답니다.

모카의 성장기

엄마, 아빠의 사랑을 듬뿍 받으며
쑥쑥 성장하는 제 모습을 지켜봐 주세요.
수영은 무서웠지만, 이제는
수영 선수처럼 헤엄치며 미꾸라지도
잘 잡는 어른 수달이 되었어요.

모카♥토피 사랑 이야기

남자 친구 토피를 만나
사랑에 빠지게 되었어요. 토피는
캐러멜색 털이 매력적인 친구예요.
미꾸라지도 양보해 주고, 오리 장난감도
양보해 주는 착한 남자 친구예요.
토피를 처음 본 순간 알게 되었죠.
이것은 운명이라는 걸!

똥꼬발랄 4남매

토피와의 사랑의 결실로 4남매를 출산하고, 육아를 시작하게 되었어요.
버터, 솔티, 메이, 오뜨! 이름도 예쁜 아기 수달들은 성격도 저마다 다르고
다양한 매력을 가지고 있어요. 어떤 어른 수달이 될지 무척 궁금해져요.

돌체, 라떼, 모카, 토피,
버터, 솔티, 메이, 오뜨. 여덟 수달이
함께하는 이웃집수달의 일상 이야기,
지금부터 함께해 볼까요?

〈이웃집수달〉의 수달 친구들을 소개해요!

돌체

장꾸, 친화력 좋은 남자아이.
특징: 까만 입술과 코.

라떼

새침도도 공주님, 표정이 풍부한 여자아이.
특징: 분홍색 입술과 코.

모카

돌체와 라떼 사이에서 태어난 공주님.
특징: 아빠랑 붕어빵.

토피

모카를 한번에 사로잡은 매력남!
특징: 흰색 눈썹, 까맣고 큰 코.

아기 수달 4남매

버터(남)

2023년 4월 9일생.
특징: 아기 수달 중 제일 크다.

솔티(남)

2023년 4월 9일생.
특징: 눈이 똘망똘망하고 가장 활발하다.

메이(여)

2023년 4월 9일생.
특징: 코와 입 주변이 분홍색이다.

오뜨(여)

2023년 4월 9일생.
특징: 사람에게 제일 관심이 많다.

차례

Chapter 1

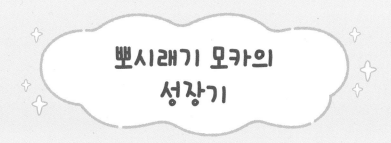

뽀시래기 모카의
성장기

아기 수달이 태어났어요!

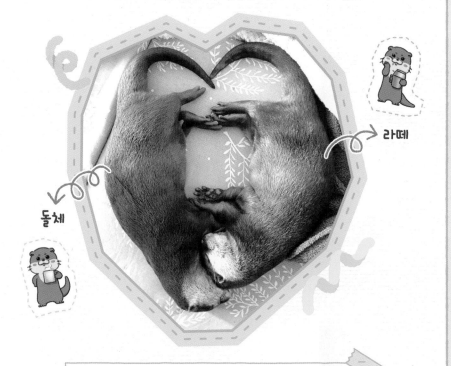

돌체

라떼

언제나 장난기 많고, 아기 같은 돌체와 라떼. 티격태격하기도 하지만 서로를 많이 아끼는 커플이지요. 깨가 쏟아지는 애정 표현도 자주 하고 사랑을 나누기도 했어요. 그러던 어느 날, 돌 체라떼의 사랑이 결실을 맺어 사랑스러운 아기 수달이 태어 나게 되었어요. 건강하고 우렁찬 아기 수달의 울음소리를 들은 라떼는 아기를 꼼꼼히 핥아 주고 살뜰히 보살폈어요. 조금 얼 떨떨한 아빠 수달 돌체는 저 포꼬미는 뭐지?라는 생각을 했을 지도 몰라요.

♡ 모카네 ♡

돌체

라떼

외동딸,
모카 공주님 탄생!

모카

뽀시래기 모카는 배가 고파요

예민 예민

출산 후 예민해진 라떼가 사료도 오징어도 먹지 않아서 걱정이에요.

더 주세요~!

냠!

냠!

둘째도 맛있게 한 입!

하지만 연어라면 말이 다르죠. 연어 특식에 신난 라떼.

삶은 연어는 수달들이 좋아하는 음식이자, 보양식이에요.

지금 우리 모카, 몸무게 재는 중! 65g이라니, 작아서 더 소중해!

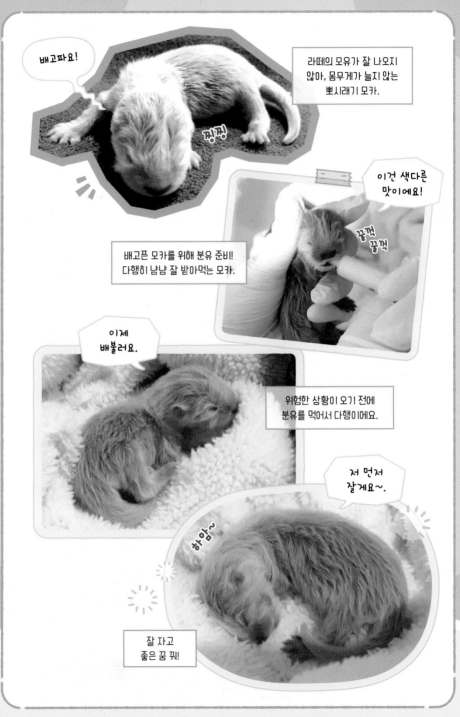

배고파요!

라떼의 모유가 잘 나오지 않아, 몸무게가 늘지 않는 뽀시래기 모카.

이건 색다른 맛이에요!

꿀꺽 꿀꺽

배고픈 모카를 위해 분유 준비! 다행히 냠냠 잘 받아먹는 모카.

이제 배불러요.

위험한 상황이 오기 전에 분유를 먹어서 다행이에요.

저 먼저 잘게요~.

하암~

잘 자고 좋은 꿈 꿔!

육아는 처음이라

 내가
아빠라니!

모카가 태어난 날, 초보 아빠 돌체는 어쩔 줄 몰랐어요.

제 남편 어디에
있는지 아시나요?

오늘은 더
맛있구만.

수달은 암컷과 수컷이 공동육아를 하는 동물이에요.
엄마 수달은 수유와 품기를 담당하고, 아빠 수달은 둥지 만들기와
먹이를 가져다주는 역할을 해요. 모성애가 지극한 라떼는
끼니도 거르며 아기를 품고 있어요. 반면 아빠인 돌체는
아기가 태어난 걸 아는지 모르는지 혼자 밥 먹기 바빠요.

아기가 울자 라떼는 꼬옥 껴안아 주지만
돌체는 여전히 먹느라 바쁘네요. 실컷 먹고 난 후에는
혼자 수영장에 가서 재밌게 노는 돌체.

아니,
그게….

젖은 몸으로 집에 돌아온 돌체.
결국 라떼에게 쫓겨났어요.

어디서 놀다가
이제 와!

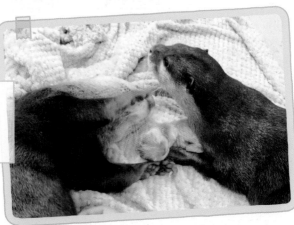

그래도 라떼는 돌체가
옆에 있는 것만으로도
힘이 되는지 결국엔
꼭 붙어 있어요.

음냐음냐 ZZZZ

뭐야? 벌써
잠든 거야?

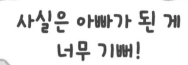

사실은 아빠가 된 게
너무 기뻐!

이웃집수달

아기 수달의 매력 포인트

마음 단단히
먹어요!

코오~

지금부터 무지하게
귀여운 아기 모카의 매력
대방출할게요!

모카에게 빠져든다

내가 자고 있는지,
깨어 있는지
맞혀 봐요~.

수달은 다른 동물보다 눈을 늦게 떠요.
두 눈을 다 뜨는데 두 달 정도 걸리지요.

빨리 맘마
주세오~!

끼!

끼!

배가 고프면 눈을 감고
귀여운 소리로 울어요.

토실
응응 토실

분유를 잔뜩 먹고
빵빵해진 배도 매력 포인트!

코와 입

촉촉한 코와 입을 보세요.

귀

털 속에 숨어 있는
자그만 귀도 귀여워요.

앞발

말랑말랑한
발바닥!

모카는 신기하게도 태어날 때부터
발톱이 나 있었어요. 눈도 뜨고 더 자라게 되면
엄마와 아빠에게 발톱 깎는 법을 배울 거예요.

뒷발

뒷발은 더 크고 통통해요.

꼬리

제 매력 정말
어마어마하죠~?

수달이 다른 동물과 크게 구별되는
신체 중 하나는 꼬리예요.

따뜻한 겨울 잠옷 선물

아기 수달 모카에게 어울리는 겨울 잠옷을 선물할 거예요.
정성을 가득 담아 직접 만들어 주었답니다!

준비물

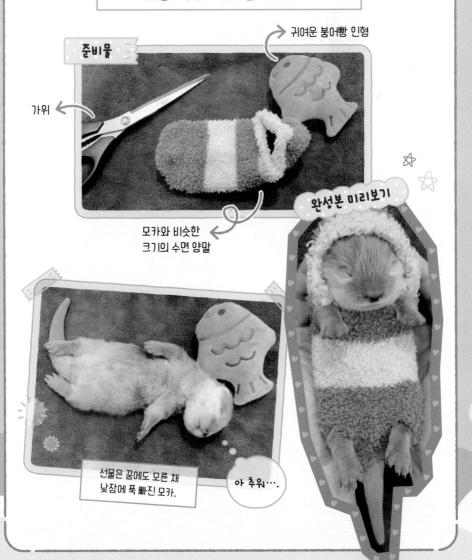

귀여운 붕어빵 인형

가위

모카와 비슷한
크기의 수면 양말

완성본 미리보기

선물은 꿈에도 모른 채
낮잠에 푹 빠진 모카.

아 추워….

1단계

발가락이 닿는 양말 끝부분에
모카 뒷다리가 들어갈 구멍 두 개를
뚫었어요. 이때, 모카 다리 간격에
맞춰서 잘라야 해요.

2단계

뒷다리 구멍에 맞춰
앞다리가 들어갈 자리에
구멍 두 개를 더 뚫어 줬어요.

3단계

꼬리 구멍까지 뚫어 주면 모카를 위한 겨울 잠옷 완성!
크기가 딱 맞아요! 이제 모카의 낮잠 시간은
언제나 포근할 거예요.

예쁜 꼬까옷을 입은 모카가
비몽사몽 일어나서 분유를 먹어요.

꿀깍

꿀깍

이리 뒹굴

저리 뒹굴

따뜻하고 배도 부른지
다시 스르륵 눈을 감아요.

흠냐~.

한 손에 쏙 들어올 만큼 작은 아기 모카.
언젠가 모카가 무럭무럭 자라서
이 잠옷이 작아지는 날이 오겠지요?

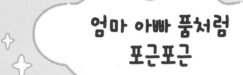

엄마 아빠 품처럼
포근포근

아이, 따뜻해.

zzz…

 이웃집수달

아기 모카의 50일간 성장 기록

사이좋은 돌체와 라떼의 사랑의 결실로 아기 수달 모카가 탄생했어요.
새 생명의 탄생은 경이로웠어요. 털색이 하얗고 코와 입, 손발이
모두 분홍빛이었던 모카는 작지만 우렁찬 울음 소리를 냈답니다.
하지만 기쁨도 잠시, 모카에게 위기가 찾아왔어요.
엄마 수달인 라떼의 모유가 나오지 않아 모카에게 젖을 줄 수 없었거든요.
다행히 출산 전에 분유와 도구 등을 미리 준비해 둔 덕분에
고비를 무사히 넘길 수 있었어요. 그렇게 모카는 엄마 아빠와
집사의 사랑으로 무럭무럭 자라나 50일이 되었을 무렵에는
태어난 몸무게(65g)의 12배(800g)가 되었답니다.

1일 차

털색이 하얗고 코, 입, 손발이
모두 분홍분홍해요.

분유를 잘 먹어서
배가 통통해졌어요.
혼자 꼬물거리기도 하고,
귀엽게 하품도 한답니다.

5일 차

10일 차

드디어 오른쪽 눈을
살짝 떴어요.

15일 차

웃챠

첫 뒤집기 성공! 이제 혼자
힘으로 엎드릴 수 있어요.

30일 차

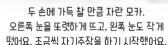

두 손에 가득 찰 만큼 자란 모카.
오른쪽 눈을 또렷하게 뜨고, 왼쪽 눈도 작게
떴어요. 조금씩 자기주장을 하기 시작했어요.

40일 차

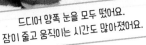

드디어 양쪽 눈을 모두 떴어요.
잠이 줄고 움직이는 시간도 많아졌어요.

50일 차

안녕!

저 진짜
많이 컸죠?

쌀알같이 작고 귀여운 이빨이 났어요.
이젠 뒷발도 제법 잘 사용해요.

불멍보다 아기 수달멍

아끼는 사진 대방출! 아기 수달의 보송보송 보드라운 털이 느껴지나요?
사랑스러운 아기 수달을 보면 복잡했던 마음이 차분해져요.
다들 아기 수달멍 하세요.

누가 돌체고, 누가 라떼일까요?

힌트

돌체
- 까만 코와 입술
- 작은 눈
- 짧은 다리

라떼
- 분홍색 코와 입술
- 큰 눈
- 긴 다리

퀴즈 Time!

누가 돌체고 누가 라떼인지 맞혀 보세요!
빈칸에 이름을 적어 주세요.

1번 문제

2번 문제

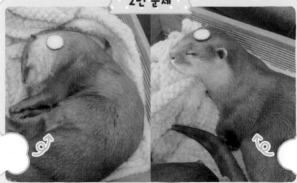

3번 문제

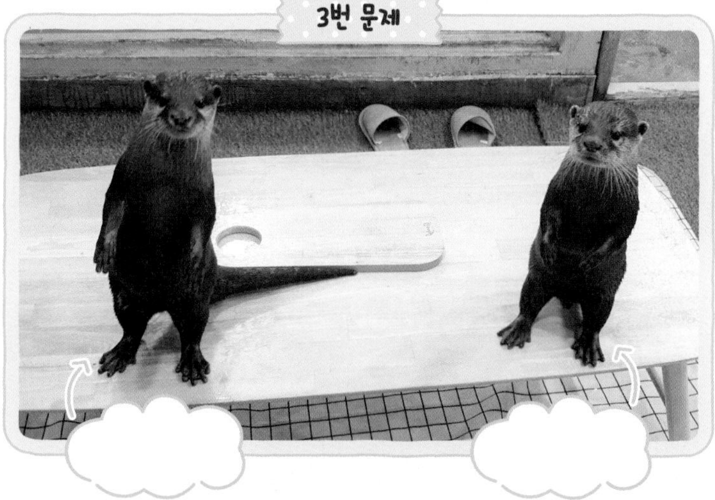

4번 문제

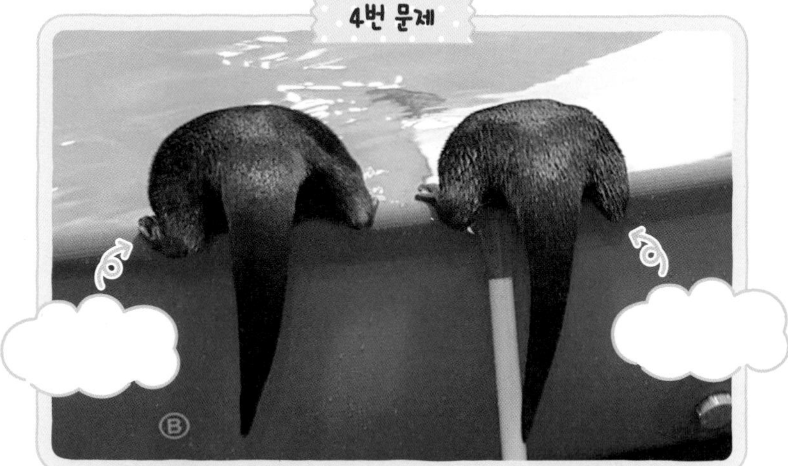

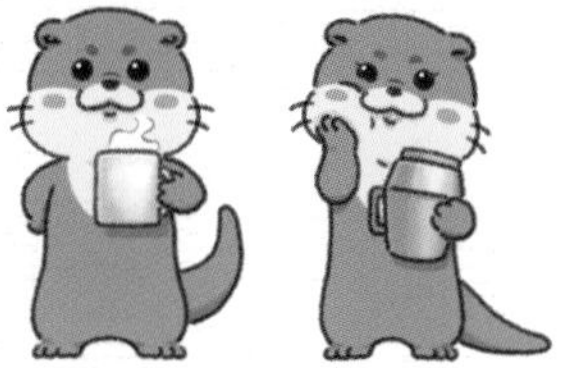

정답

• 1번: 동생, 언니 • 2번: 언니, 동생
• 3번: 언니, 동생 • 4번: 언니, 동생

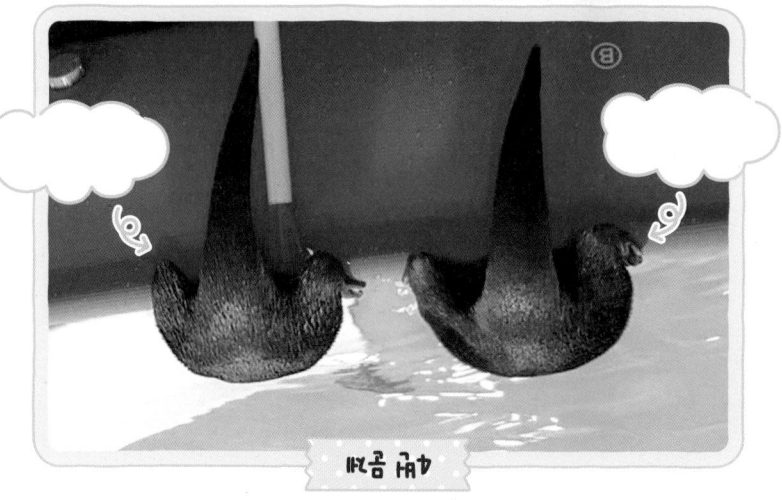

모카를 향한 라떼의 사랑, 모성애

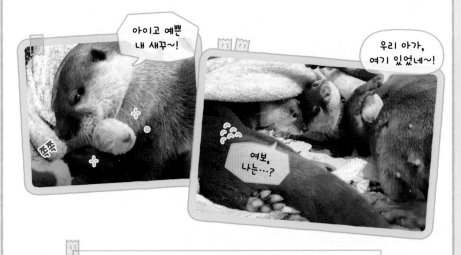

아이고 예쁜 내 새꾸~!

쪽쪽

우리 아가, 여기 있었네~!

쪽쪽쪽

여보, 나는…?

라떼는 모유는 나오지 않았지만, 모성애가 강한 엄마 수달이에요.
온종일 모카와 꼭 붙어서 함께한답니다.

코

냠

누워서 먹어도 되죠?

엄마 품은 너무 아늑해요.

포옥

라떼는 밥을 먹을 때도 모카를 꼭 안고 있어요.
모카도 엄마 품이 좋은지 폭 안겨 있어요.

엄마가
도와줄게.

사랑스러운 투 샷

모카가 분유를 먹고 오면, 라떼는 정성을 다해
배변 유도를 도와요. 꼭 붙어 있는 모습이 사랑스럽죠?

두 팔로 번쩍
안아서 옮기는 게
팁이에요.

배변 유도란?
스스로 배변하지 못하는 아기 동물의
항문을 핥아 배변할 수 있게 도와주는 것.

소주

라떼는 어디론가 이동할 때에도 모카를 두 손으로 소중하게 꼭 안고 다녀요.
모카가 예전보다 더 자랐는데도 변함없이 품에서 떼어놓지 않아요.

모카 위에 엄마 손

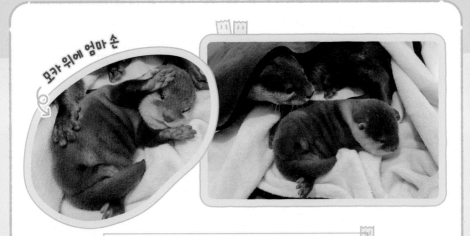

모카가 두 눈을 다 뜨고, 털색도 짙어질 만큼 많이 자라도
변함없는 사랑으로 품어 주는 엄마 라떼.

아빠도
왔어!

모카야,
무슨 일이야?

집 밖은 위험해.
다시 집으로
들어가자.

우리 모카는 엄마가 지킨다!

찌릿!

수영을 하러 갔다가도 어디선가 모카의 울음소리가
들리면 라떼가 빠르게 나타나요.
활동량이 많아진 모카를 돌보느라 힘들 텐데도,
모카의 곁에는 항상 라떼가 있어요.
허락 없이 모카에게 가까이 다가가면 라떼가
눈을 동그랗게 뜨고 경계하니, 조심해야 한답니다.

모카는
호기심 대장

 이웃집수달

미션 모카서블

집 밖의 세상이
궁금해요. 왠지 재밌는 일이
가득할 것만 같아요!

나는야, 호기심 소녀

엄마가 혼자
나가지 말라고 했는데….
저… 나가도 될까요?

그때! 모카가 잘 있는지
엄마가 확인하러 왔어요.

힝.

모카야, 집 밖은
위험하니 집에 얌전히
잘 있어야 해.

어휴! 깜짝이야.
엄마한테 들킬 뻔
했어요.

비밀이에요

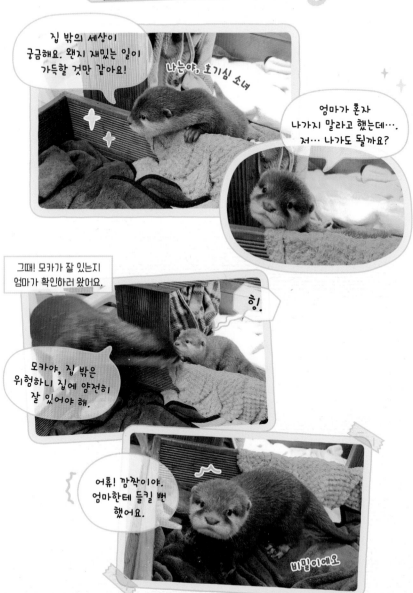

모카는 과감하게 엄마의
눈을 피해 탈출을 시도했어요.

하지만 몇 발짝도 안 가서
아빠에게 딱 걸린 모카!

집으로 돌아가기 아쉬운 모카와 애가 타는 돌체.

WANTED

모카(Mocha)

현상금 연어 100g

이젠 모카도 수영할 수 있다!

물그릇 수영장 OPEN

이렇게 하는 거겠죠?

첨벙

첨벙

아기 수달은 생후 60일부터 얕은 물에서 수영을 조금씩 배워요.
그래서인지 요즘 들어 부쩍 물에 관심이 많아진
모카는 물그릇에서 수영을 하기 시작했어요.
그런 모카를 위해 전용 수영장을 설치했어요.
호기심 가득한 모카는 수영장 주변을 살피며 관심을 보였어요.
라떼는 그런 모카가 걱정되는지 수영장 근처에 있는
모카를 끌어안아 자꾸만 다른 곳으로 옮겼어요.

엄마, 나도
들어가면 안 돼요?

궁금

앞발만
담가 볼까?

하지만 모카는 수영장 안에 둥둥 떠 있는
장난감에 시선을 빼앗겨 자꾸만 수영장 근처로
돌아왔어요. 그러고는 궁금증을 참지 못하고
수영장 안에 앞발을 담갔어요.

툼!

엄마야!

그때, 돌체가 모카 옆으로
은근슬쩍 다가왔어요. 그러더니
모카를 툭 하고 치는 게 아니겠어요?

모카가 수영장 근처에만 오면
돌체는 모카를 물 안으로 이끌었어요.
그럴 때마다 모카는 물에서
허우적허우적 발을 저었어요.

이리
들어오렴.

나는 우리 모카를
괴롭히는 게 아니에요!
수영을 가르쳐 주려고 하는
거라구요. 으흠!

물에 빠진 모카를 발견한 라떼가 달려와서 모카를 안고
물 밖으로 나왔어요. 모카를 꺼내려는 라떼와 수영하는 법을
알려 주고 싶은 돌체가 다투는가 싶더니, 어느새 세 가족이
모카 전용 수영장에 옹기종기 모여 수영을 하고 있어요.

이젠 혼자서도
수영할 수 있다고요!

덕분에 모카는 금방 수영하는 법을 익히고,
잠수까지 완벽하게 해내는 멋진 수달이 되었답니다.

이웃집수달

이빨이 간질간질

모카 치발기

이빨이 난 지 얼마 안 된 모카는 잇몸이 간지러운가 봐요.
눈에 보이는 건 죄다 씹고 뜯고 맛보는 중이에요.
얼마 전에는 젖병 꼭지를 물어뜯는 바람에 분유를 쏟기도 했어요.
그런 모카에게 딱 알맞은 선물을 준비했어요.
선물은 바로 치발기! 치발기란, 이가 나기 시작하는 아이의
씹고자 하는 욕구를 충족시킬 수 있는 놀잇감이에요.

다행히 모카가 치발기에 관심을 가지네요.
처음 보는 물건인데도 겁내지 않고 덥석 물었어요.
치발기를 요리조리 물어뜯고 놀던 모카는 이빨이 시원하고
재밌는지 할비가 든 치발기만 졸졸 따라다녔어요.

가지고
노는 것만으로도
이가 시원해~.

이건
오징어 맛?!

질겅

질겅

열심히 성장하느라 힘든 모카에게
잠깐이나마 즐거운 시간이었기를!

친구 같은 아빠, 돌체

엄마가 수영하고 올 때까지 아빠랑 재밌게 놀자.

까아아아~

모카의 탄생에 어리둥절하고 철없는 행동을 많이 했던
아빠 수달 돌체가 변했어요. 라떼와 모카를 살뜰히 챙기고,
보살피기 시작했지요. 든든한 아빠가 된 돌체 덕분에
라떼는 모카를 두고 수영도 다녀올 수 있게 되었어요.
라떼가 수영하러 간 사이, 돌체 혼자서도 씩씩하게 모카를 돌봐요.
게다가 이젠 모카의 배변 뒷정리도 직접 해 주고,
모카의 울음소리가 들리면 가장 먼저 나타날 만큼
강한 부성애도 보여 주고 있어요.

모카는 친구처럼 잘 놀아 주는 아빠 돌체를 참 좋아해요.
뭐든 재미있는 게 있으면 아빠와 함께하고 싶어 하죠.
돌체는 계속 달라붙는 모카가 버거울 만도 한데, 싫은 기색
없이 모카가 다양한 경험을 할 수 있도록 노력해요.

괴롭히는 거
아니고, 즐겁게
노는 중이에요.

까아아~

가끔은 너무 과격하게 놀아서 라떼에게 혼나기도 해요.
라떼는 돌체가 힘 조절을 못 해서 혹여나 모카가 다칠까 봐
걱정되나 봐요. 하지만 걱정하지 않아도 괜찮아요.
모카의 힘을 길러 주기 위해 신나게 놀아 주는 것 뿐이랍니다.

아빠 딸!

모카는 누구 딸?

두 수달은 통하는 마음만큼 겉모습도 닮았어요.
작은 귀와 동그란 코, 수염 모양까지 정말 비슷하죠?

심지어 하는 행동도 비슷해요. 공과 장난감을 유난히 좋아하는 돌체처럼 모카도
공과 장난감을 무척 좋아해요. 온종일 신나게 놀다가 곤히 잠든 모습 좀 보세요.
자는 모습까지 똑 닮은 수달 부녀예요.

이제 이 모자는 제 겁니다

할비가 장 보러 갔다가 귀여운 밀짚모자를 사 왔어요.
인형에 씌워도 이렇게 귀여운데, 모카가 쓴다면
얼마나 더 귀여울까요?

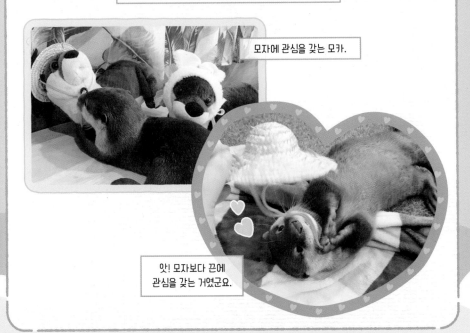

모자에 관심을 갖는 모카.

앗! 모자보다 끈에
관심을 갖는 거였군요.

혹시…
이 모자 제 건가요?

롤룩

인형이 쓰고 있던 밀짚모자를
수영장에 가져간 모카.
모자가 둥둥 뜨는 게 신기한가 봐요.
모자를 튜브처럼 사용하면서
수영을 즐기는 걸 보니,
우리 모카 아주 똑똑한 것 같죠?

모카가 잠든 사이에
모자를 슬쩍 올려 보았어요.
어때요? 정말 귀엽죠?

세상에 이런 맛이! 첫 해산물 도전

모카는 아직 입과 이빨이 작아서
커다란 음식을 먹을 수 없어요. 하지만
이제 늘 먹던 분유 대신 또 다른 음식을
먹을 수 있는 나이가 되었지요.
그런 모카를 위해 할비가
광어, 우럭, 전복을 잘게 다져 준비했어요.

오늘의 저녁 식사 재료!

전복

광어

우럭

곱게 다진 해산물을 그릇에 예쁘게 담아 두니 참 맛있어 보이네요.
하지만 아직 해산물을 먹어 본 적 없는 모카가 과연 맛있게 먹어 줄지 걱정이에요.
분유와 다른 맛과 식감 때문에 놀라지는 않을까, 익숙하지 않은 맛이 싫어서
한 입 먹고 뱉어 버리지는 않을까 두근두근 떨리는 마음으로
모카 앞에 해산물을 가져다주었어요.

모카는 그릇에 담긴 해산물을 보고 이리저리 냄새를 맡았어요.
분명 맛있는 냄새가 나서 먹고 싶은 것 같은데, 어떻게 먹어야 할지 모르겠나 봐요.

코를 갖다 대고 열심히 냄새를 맡던 모카는 앞발로 그릇을 들어 버렸어요.
그 순간 해산물들이 바닥으로 와르르 쏟아지고 말았답니다.

엄마에게 혼나고 시무룩해진 모카는 집 안으로 들어갔어요.
그러자 어디선가 돌체가 나타났어요. 그러고는 모카가 장난치는 바람에
쏟아졌던 해산물을 하나씩 주워 먹기 시작했어요. 쩝쩝거리며 맛있게
먹는 소리가 들리자 집에 있던 모카가 고개를 빼꼼 내밀고 밖을 쳐다보네요.
먹지도 않고 장난만 쳤으면서 돌체가 먹는 걸 보니 궁금했는지
아빠를 지켜보는 모카. 얼마나 맛있게 먹는지,
돌체는 모카가 쳐다보고 있는 것도 눈치채지 못하네요.

해산물이
젤 맛있어요!

아빠를 따라 먹기 시작한 해산물, 그 맛에 눈을 뜬 모카!
더 이상 음식으로 장난치지 않아요.
이렇게 맛있는 걸 두고 장난칠 시간이 없대요.
게다가 이젠 큰 오징어 조각도 잘 뜯어 먹는답니다!

해산물 진수성찬

우와, 해산물이
이렇게 많다니
행복해요.

'흐뭇'

 이웃집수달

모카의 첫 사냥

지난번에 돌체가 미꾸라지를 잡아
모카에게 가져다줬어요.

**역시
이 맛이야!**

그 이후로 물고기 맛에
눈을 뜬 모카!

으잉?
뭐 하는 거예요?

미꾸라지를 넣어 주자 돌체와 라떼는
순식간에 사냥을 시작했어요.
그 모습을 본 모카의 눈이 휘둥그레!

저도 주세요, 아빠.
저 배고파요.

모카는 돌체가 사냥해 주길 마냥
기다리며 졸졸 따라다니기만 했어요.

모카야,
배가 고프면 직접
사냥해 보렴!

네…?
제가요…?

내가 잘할 수
있을까…?

결국 성공!

덥석

촵촵

미꾸라지를 놓쳐도
계속해서 도전하는 모카.

모카는 얼마나 똑똑할까?

SNS에서 벽 짚기로 고양이의 지능을
테스트한다는 챌린지가 유행한 적이 있는데요.
벽을 짚는 경우는 똑똑하고 반사 신경이 좋은 것이고,
벽을 안 짚고 기대는 경우엔 지능이 낮다기보다는
주인을 믿어서라고 하는데…. 과연 지능이 높은 수달은
벽 짚기 챌린지에 어떻게 반응할까요?

 고영희 가족들 특별 출연

벽을 짚는 정도가
아니라 냅다
밀어 버리는 치즈!

정확히 발을 짚은
똑똑한 찹쌀!

어라?

벽에 발을
안 짚은 망고!

수달들은 평소에도
앞발을 잘 쓰고
지능도 높으니, 당연히
챌린지에 성공하겠죠?

모카,
발!

두구두구…
두구두구…

시작

일단 벽을 짚고

텁

벽에 가까워질수록
모카가 발을 푸욱 뻗는데요.
벽을 밀더니 납작해져 버린 모카!
모카는 벽도 짚고 기대기도
하는 걸 보니, 똑똑한 데다가
할미와 할비를 믿어 주나 봐요.
역시 우리 모카! 최고!

벽에 밀착

납작

모카의 100일 파티

모카의 100일을 기념하여 멋진 생일상을 차렸어요.

예쁜 조명!

문어, 오징어, 전복,
조개, 새우, 연어까지!!

고깔모자와 풍선도!

오늘의 하이라이트, 랍스터!
아직 어린 모카가
안전하게 먹을 수 있도록
재료를 잘 익혀 주었어요.

찰칵

모카야, 기념사진 찍자!
자, 여기 보고 활짝 웃어 봐~!

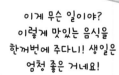

촵촵

이게 무슨 일이야?
이렇게 맛있는 음식을
한꺼번에 주다니! 생일은
엄청 좋은 거네요!

한복과 모카

추석을 맞이하여 모카를 위해
한복을 준비했어요.

모카도 한복이 신기한지
관심을 보이네요!

한복을 입는 게 어색할 만도 한데
얌전하게 잘 입는 모카.

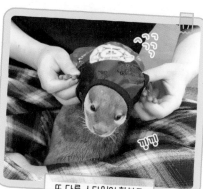

또 다른 스타일의 한복도
입어 보자.

모카에게 어떤 한복이 더 잘 어울리나요?

이제 더 넓은 세상으로

모카의 든든한 보디가드들!

성장하면서 활동성이 높아진 모카는 궁금한 곳이 많아졌어요.
매일 지내던 집을 떠나 바깥세상으로 나아갈 시기가 되었다는 뜻이기도 해요.
그래서 라떼와 돌체는 답답해하는 모카를 위해 잔디 운동장까지
활동할 수 있는 영역을 넓혀 주기로 했어요. 부모님을 따라 잔디를
처음 밟아 본 모카는 신나서 구석구석 돌아다녔어요. 그런 모카가
걱정스러운 돌체와 라떼는 신난 모카를 졸졸 따라다니며
위험한 곳에 가거나 다치지 않도록 지켜봤어요.

이번엔 의자 위에 올라간 모카!
폭신한 의자 위에 올라가니
기분이 좋은지 신나 보여요.
그러다 의자 위에 있던 담요가
마음에 들었는지 여기저기
몸을 비비기 시작했어요.

비비적비비적

부드러워요~!

그렇구나!

수달은 왜 몸을 비비는 걸까요?

수달이 몸을 비비는 행동은
젖은 털을 말려 체온을 조절하고,
자기 냄새를 묻혀 영역 표시를
하는 행동이에요.

의자 위에만
있지 말고 다른 곳도
탐험해 보렴.

라떼는 의자 위에서만 노는 모카에게 다가가서
의자 아래로 내려올 수 있게 도와주었어요.

이제는 집으로 돌아가야 할 시간이에요.
더 놀고 싶은 모카는 집에 가기 싫다고 엄마 등에 올라타 자꾸만 칭얼거렸어요.
그 모습을 본 돌체가 모카를 타일렀지만 모카는 여전히 말을 듣지 않았어요.

집에 가기 싫어요.
더 놀고 싶단 말이에요.

모카!
예의 바르게
행동해야지!

모카야, 엄마 말
들어야지~!

까물

끄앙

돌체는 그만하라며 모카를 타일렀지만 여전히 말을 듣지 않았어요.
단단히 화가 난 돌체는 모카를 훈계하기 시작했어요.
혹시나 모카에게 나쁜 버릇이 생길까 걱정되어 더욱 단호하게 교육했어요.
지능이 높은 수달은 새끼가 잘못하면 직접 훈계를 한다고 해요.
이런 과정을 통해 생존에 필요한 여러 행동들을 배운다고 하죠.
아빠 덕분에 모카는 자기가 무엇을 잘못했는지 알게 되었어요.

더 놀고 싶어요

 이웃집수달

그만 자고 나랑 놀아 주세요

한적한 오후, 수달 가족의 평화로운 낮잠 시간이에요.
온도는 따뜻하고 바닥은 폭신하고, 라떼와 돌체는 벌써 꿀잠에 빠졌어요.

74

여기도 탐색

저기도 탐색

으아, 지루해~.

잠자는 라떼와 돌체 사이에서 혼자 놀고 있는 모카.
처음엔 엄마 아빠의 훈육 없이 혼자 놀 기회를 놓칠세라 신나게 놀았지만,
시간이 지날수록 점점 지루해진 모카는 짜증이 잔뜩 났어요.

엄마! 이제 그만 일어나세요~!

낮잠 시간에는 방해하면 안 되는 거란다!

깨물

알았어요, 아빠.

더 이상 지루함을 참을 수 없던 모카가 엄마를 깨우기 시작했어요!
그런데 정작 잠에서 깬 건 라떼가 아니라 돌체였어요.
단잠에서 깬 돌체에게 혼쭐난 모카는 다시 혼자 놀기 시작했어요.

여보는 더 자요.

모카야, 엄마가 조금만 더 자고 놀아 줄게.

쪽

쿨

발을 다쳤어요

으악!
아파요!
아파!

활발하게 놀던 모카의
앞발 끝에 상처가 났어요.
수달은 수영을 하기 때문에
작은 상처도 쉽게 아물지 않고
2차 감염의 우려도 있어요.
상처가 나면 세심한 소독과 치료, 그리고
물에 닿지 않게 하는 게 중요해요.

동공 지진

이게
뭐예요?

방수 밴드를 붙여 상처에
물이 닿지 않게 조심해요.
방수 밴드를 붙인 후에는 붕대를
돌돌 감는 것으로 마무리.

물그릇을 주면 발을 담글 것 같아서
젖병으로 물을 주었어요.

발이 다쳤어도 제일 좋아하는
공놀이는 못 참는 모카.

그래도…
물놀이를 못 하는 건
매우 슬퍼요….

조금만 참자.
내 새끼 고생하네.

수영을 못 하자, 금방 잠이 든 모카.
빨리 나아서 신나게 헤엄치렴.

병원 가는 길

이건 어떤 목걸이인가요.

어디로 가는 거예요?

긴장

긴장

모카의 건강 검진을 위해 동물병원에 가기로 한 날이에요.
안전을 위해 하네스도 차고 포근한 담요도 챙겼지요.
모카와 함께하는 첫 외출이라 잔뜩 긴장했는데, 모카도 떨리는지
할미 품에서 떨어지지 않네요. 조금 더 안고 있다가 안정되면
이동장에 들어가기로 했어요.

여유

여유

다행히 시간이 지나자
모카가 안정을 되찾았어요.
할미 품에서 꾸벅꾸벅 졸더니,
이동장에 들어가자 잠이 깼는지
동그랗게 눈을 뜨고 얼굴을 빼꼼
내밀어요. 팔을 걸치고 있는 걸
보니, 여유가 넘치네요.

잔디밭은
항상 신나요!

병원에 도착. 원장님께서 다른 동물 수술 중이셔서
대기 시간이 길어졌어요. 마침 마당이 있는 동물병원이라서
기다리는 동안 신나게 뛰어놀며 시간을 보내기로 했어요.

실컷 놀았는데도
아직 더 기다려야 한대요.
모카는 피곤했는지
이동장 안에 들어가서
꾸벅꾸벅 졸고 있어요.
모카의 건강 검진,
잘 받고 돌아갈게요.

장난감 나비가 무서워요

펄럭

펄럭

아니? 저게 뭐야?
뭔가 막
날아다니는데?

모카를 위해 장난감 나비를
사 왔어요. 휙휙 움직이면 나비가
나는 것처럼 보여요.

진짜 살아 있는
건가요? 은근히 무섭게
생겼어요.

모카는 이 장난감
나비가 진짜 살아 있는
거라고 착각했나 봐요.
잔뜩 겁먹은 표정이네요.

현란한 움직임

침입자다!
우리 집에서
내쫓아야 해요!

경계

모카야,
저건 장난감이야.
무서워하지 않아도
된단다.

모카는 물놀이를 하는 중에도 쉴 새 없이 움직이는
장난감 나비가 신경 쓰이나 봐요.

치카포카 양치질

오늘은 수달 양치하는 날

오늘의 도구

이~

이~

일반적으로 수달의 이빨을
직접 닦는 건 불가능해요.
그렇기 때문에 대부분의
동물원과 수족관에서는
치석 제거 사료로 관리를 해요.

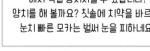

외면

하지만 모카는 어릴 때부터 양치 연습을
해서 직접 양치시킬 수 있답니다!
양치를 해 볼까요? 칫솔에 치약을 바르자,
눈치 빠른 모카는 벌써 눈을 피하네요.

송곳니~

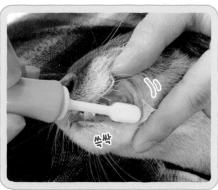

쓱싹

하지만 피할 수 없다는 걸 안 모카는 순순히 이빨을 보여 줬어요.
모카의 마음이 변하기 전에 얼른 양치를 끝내야 해요. 초스피드 양치질 시작!

포기

우르르

퉤!

치카치카 포카포카 쓱싹쓱싹.
거품을 낸 후에는 모카
스스로 입안을 헹궈요.
모카야, 꼼꼼하게 입 헹구고
얼른 자자.

아~, 개운해!

피곤해 보이는 모카를 위해 할미가 마사지를 해 주네요.

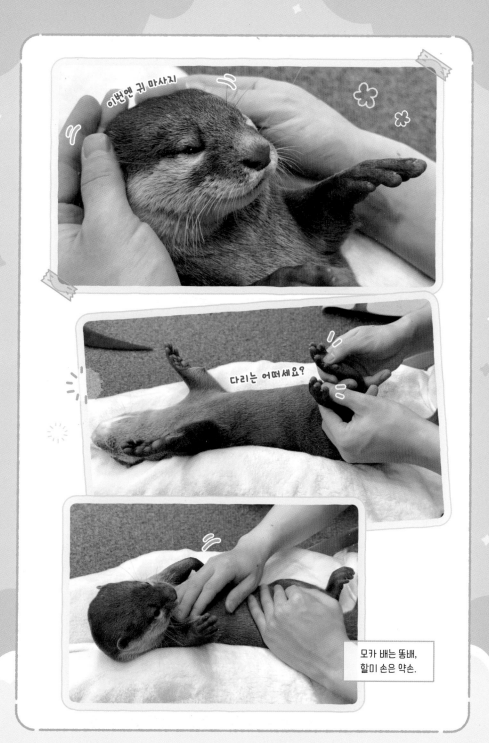

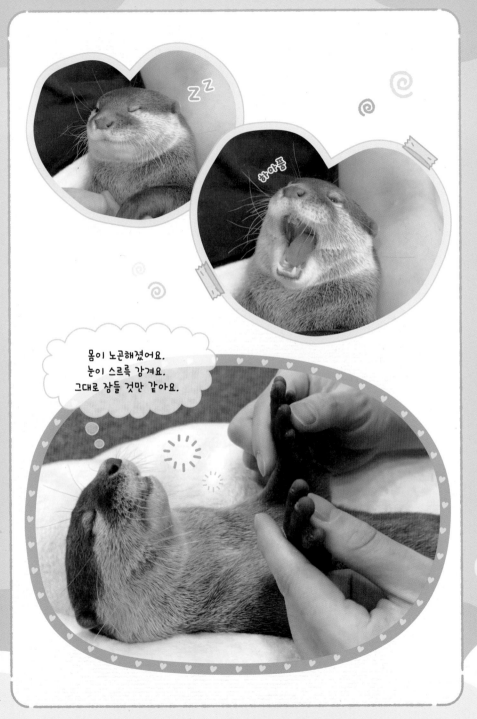

몸이 노곤해졌어요.
눈이 스르륵 감겨요.
그대로 잠들 것만 같아요.

동상이몽

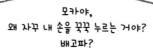

모카야,
왜 자꾸 내 손을 꾹꾹 누르는 거야?
배고파?

꾹꾹
?

아니요.
안마해 드리는
거라구요.

인사하는 거야?

이웃집수달

수조 청소 날은 물놀이하는 날

쌰아아

오늘은 수조를 청소하는 날. 청소하는 와중에 두 수달 손님,
돌체와 모카가 찾아왔어요. 물이 나오는 호스가 꿈틀거리는
뱀이라고 생각하는 걸까요? 호스를 물고 뜯고 맛보는 부녀.
결국 두 수달의 날카로운 이빨 때문에 호스가 뚫리고 말았지요.
모카가 더 흥분하기 전에 얼른 청소를 마무리해야겠어요.

수달은 얕은 물에서 노는 걸 좋아해요.
깨끗해진 수조에 맑은 물을 채우고,
모카가 좋아하는 장난감을 가득 부었더니,
모카가 금세 달려왔어요.
신난 모카는 시간 가는 줄 모르고
오랫동안 수영하며 놀았답니다.

왼손은 거들 뿐!

돌체와 라떼, 모카는 평소에 앞발을 많이 사용해요.

요리   조리

공에 대한 집중력도 좋아서 오랜 시간 공을 가지고 놀 수 있어요.

91

수달과 크리스마스를 즐겁게 보내는 방법

메리 크리스마스!

우리 수달들, 한 해 동안
참 착하게 살았어요.
그래서 할비 산타클로스가
최고의 크리스마스 선물을
준비했어요.

짜잔!

우와, 우리
선물이에요? 뭔데요?
빨리 주세요!

주머니에 든 선물이
궁금한 수달 가족!

라떼가 더 화내기 전에
얼른 선물을 꺼낼게요.

이 거대한 선물은 뭘까요?

10kg 대왕오징어! 먼저 커다란
냄비에 넣어서 삶은 다음에

우와! 눈사람 모양의 오징어 완성!

잘 삶아진 오징어를
동그라미 모양으로 잘라 내면

맛있게 먹는 수달 가족.

냠!

정말 최고의
크리스마스였어요!
감사해요!

○ Chapter 2 ○

모카, 토피
그리고 4남매

오늘부터 1일

새로운 수달 친구가 이웃집수달 하우스에 오게 되었어요.

이 친구는 모카의 남자 친구가 될 거예요.

새로운 식구의 방문을 축하해요. 이 친구가 있던 곳에서

평소 먹던 먹이들과 성장 모습이 담겨 있는 서류도 함께 받았어요.

서류를 보니 2021년 8월 18일에 태어난 모카와 동갑내기네요.

두근거리는 마음으로 두 친구의 합사를 지켜봤어요.

커다란 켄넬의 등장에 놀란 모카는 몸을 숨기고

얼굴만 내밀어 새로 온 수달을 요리조리 살펴봤지요.

그러자 새 친구도 모카가 궁금한 듯 다가왔어요.

모카는 마음이 급한지 얼른 켄넬 문을 열어 달라고 보챘어요.
모카의 성화에 못 이겨 새 친구가 놀라지 않게 조심스럽게 문을 열어 줬어요.
새 친구는 낯선 공간이라 긴장했는지 조심스럽게 한 발짝씩 내디디며 밖으로 나왔어요.
그때, 성격이 급한 모카가 켄넬 안으로 쏙 들어갔어요. 새 친구는 저돌적으로
관심을 표현하는 모카의 행동에 당황해서 얼어 버렸어요.
아무래도 모카는 남자 친구가 엄청 마음에 드나 봐요.

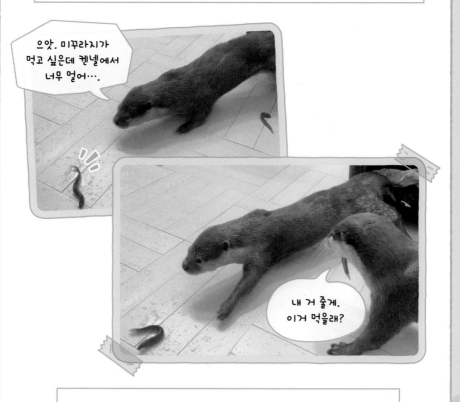

으앗. 미꾸라지가
먹고 싶은데 켄넬에서
너무 멀어….

내 거 줄게.
이거 먹을래?

새로운 공간이 낯설어 켄넬 밖으로 나오지 못하는 새 친구를 위해
살아 있는 미꾸라지를 준비했어요. 마음 착한 모카는 미꾸라지를 먹지 않고
친구에게 갖다주었어요. 그 좋아하는 미꾸라지를 먹지 않고 양보하다니,
새 친구가 무척 마음에 들었나 봐요. 모카 덕분에 새 친구는
낯선 환경에서도 맛있게 미꾸라지를 먹었답니다.

30분 뒤

알콩달콩

30분의 기다림 끝에 드디어 모카와 새 친구가 켄넬 밖으로 나왔어요.
두 수달은 마치 원래 서로 알고 있던 사이처럼 사이가 좋아요.
합사 훈련이 필요 없을 정도로 잘 지내고 있어요. 모카는 새 친구 옆에
딱 붙어 껌딱지가 되어 버렸어요. 미니 수영장에서 수영도 하고,
미끄럼틀도 타면서 아주 즐거운 시간을 보내고 있는 두 수달이에요.

할비는 긴장을 풀어 주기 위해 새 친구가 좋아하는 빙어를 준비했어요.
다행히 새 친구는 낯선 환경에서도 경계심 없이 먹이를 잘 받아먹었어요.

둘만의 시간

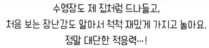

수영장도 제 집처럼 드나들고,
처음 보는 장난감도 알아서 척척 재밌게 가지고 놀아요.
정말 대단한 적응력…!

모카와 함께
잘 지내볼게요!

말괄량이 공주님,
모카와 참 잘 어울리는 친구죠?

연어 맛에 눈뜨다

두 수달의 상반된 반응

모카

연어다,
연어!

폴짝

새 친구

관.심.없.음.

새로운 친구가 온 걸 기념하여 거대 연어를 사 왔어요.
먹기 좋게 썰어서 가져왔더니, 눈치 빠른 모카가 빛의 속도로 달려왔어요.
킁킁 냄새를 맡더니 폴짝폴짝 뛰며 보채는 모카.
그에 반해 새 친구는 연어에 눈길 한 번 주지 않고 혼자 놀고 있어요.
아마 연어를 먹어 본 적이 없어서 연어가 뭔지 잘 모르는 것 같아요.

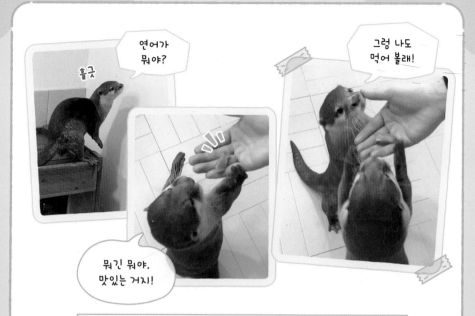

새 친구가 어리둥절해하는 사이에 모카는 연어 한 조각을 받아
맛있게 먹었어요. 그 모습을 본 새 친구는 연어가 어떤 맛인지 궁금해졌나 봐요.
할비가 손바닥 위에 연어 한 조각을 올려놓자 관심을 갖고 가까이 다가왔어요.

그러더니 연어 한 조각을 물고 가서 냠냠쩝쩝 맛있게 먹네요.
아까는 본 척도 안 하더니 한 입 먹고 돌변한 새 친구. 거 봐, 맛있지!?

안녕, 난 토피야!

드디어 새 친구의 이름이 정해졌어요.
바로 토피! 돌체, 라떼, 모카처럼
카페 음료에서 따왔어요.
토피는 캐러멜화한 설탕, 당밀, 버터,
밀가루 등을 섞어 만든 과자인데요.
캐러멜 색깔의 털과 달콤한 성격에
찰떡인 이름이죠?

토피는 이렇게 생겼어요.

오징어 주는 사람,
착한 사람!

벌써 토피가 온 지
3주 정도 지났어요.

토피는 여전히 모카와 잘 지내고, 새로운 환경에도 잘 적응하며
지내고 있어요. 할미 할비와도 꽤 친해졌어요. 아무래도 할미와
할비가 맛있는 음식을 주는 사람이라는 걸 눈치챈 모양이에요.
이젠 할미의 무릎 위에 올라와 장난을 치기도 한답니다.

지금은 윤기 좔좔

토피는 처음 왔을 때 뒷다리 부분에 털이 빠져 있었어요.
언제쯤 건강한 털이 다시 날지 걱정했는데, 지금은 눈에 띄게
털이 많이 났어요. 어디에 털이 없었는지 찾기 어려울 만큼
윤기 흐르고, 건강한 털이 빼곡히 자랐답니다. 날이 갈수록
살도 오르고 점점 더 잘생겨지는 토피를 기대해 주세요.

토피라는 멋진 이름

안녕하세요.
세상에서 가장 멋있는 수달,
토피라고 합니다.

꾸벅

세상에서 가장 멋있는 수달
토 피
모카 남자친구
○○○-○○○○-○○○○

 이웃집수달

모카 VS 토피

최근 모카와 토피의 최대 관심사는?

바로 오리 장난감!

1라운드

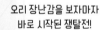

오리 장난감을 보자마자
바로 시작된 쟁탈전!

행복해!

옥신각신

1라운드: 토피 승!

모카의 기권으로 장난감을
차지하게 된 토피.

남의 떡이 더 커 보인다더니, 멀쩡한 자기 장난감을 두고
자꾸만 토피의 장난감을 빼앗는 소유욕 강한 모카.
마지못해 또 양보하는 마음 착한 토피.

3라운드

에휴. 가져가요,
가져가.

모카는 이거를
갖고 싶다고!
내 거야, 내놔.

덩그러니 버려진 모카의 장난감

나 갈래~!

기껏 달라고 해서 줬더니,
왜 버리고 가는 거지?
정말 알다가도 모를
그녀의 마음….

토피가 양보한 장난감을 들고 수영장에 들어가더니,
휙 던져 버리는 모카.

설마 또 달라고 하진 않겠지…?

모카가 버린 오리를 다시 주워 가지고 노는 토피.

흥

모카 씨, 여기 두 개나 있어요. 같이 놀아요.

뭔가 마음에 안 들어 찡찡거리는 모카.

혼자 놀기엔 심심했는지, 오리를 모두 모카 앞에 가져온 토피.

평화

토피의 배려에 다시 평화를 찾은 모카 토피 커플!

모카가 엄마가 되었어요

최근 모카에게 변화가 생겼어요. 잠이 많아지고 식탐도, 먹는 양도
많아졌어요. 결정적으로 배가 볼록해지기까지! 혹시나 해서 몸무게를
재 봤는데, 3kg 중반을 유지하던 모카의 몸무게가 500g가량 늘었어요.

자꾸 잠이
와요.

다 먹어
버릴 거야!

배가 불쑥
:)

아무래도 보통 징후가 아닌 것 같아서
아침부터 동물병원에 데려가기로 했어요.
토피는 그런 모카가 걱정되는지 곁에서 떠날
생각도 않고 계속해서 모카를 쓰다듬었어요.

모카 씨, 혹시
어디 아픈 건
아니겠죠?

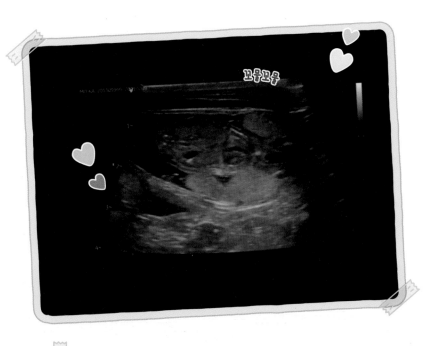

꼬물꼬물

동물병원에 도착한 모카는 초음파 검사를 했어요.
볼록해진 배에 촉촉한 젤을 바르고 확인해 보니 모카의
배 안에서 꼬물꼬물 움직이는 작은 생명이 발견됐어요.
그것도 한 마리가 아니라 세 마리의 생명이
모카의 배 속에서 자라고 있대요.
모카가 아기를 가진 건 처음이라 기쁨보다 걱정이 앞서네요.
아기가 건강하게 태어날 수 있도록, 무엇보다 모카가
건강할 수 있도록 힘을 주세요.

출산방 만들기 프로젝트

모카와 토피를 위해 텅 비어 있는 이 공간을
완벽한 출산방으로 바꿔 줄 거예요.

모카의 출산방으로
들어가는 수달 전용
문이에요.

첫 번째 준비

모카가 안정감을 느낄 수
있도록 햇빛을 가려 줄
암막 커튼을 설치한다.

두 번째 준비

건강에 좋은 편백을 이용해서
튼튼한 방을 만든다.

세 번째 준비

초산이라 모유가 안 나오거나
새끼들을 돌보지 못할 경우를
대비해서 분유와 젖병도 준비한다.

마지막 준비

모카와 토피의 모습을 지켜볼 수
있는 CCTV를 설치한다.

22:56:45

22   23   00

포근해요!

모카와 토피의 입장.

다행히 모카와 토피가 포근한
산실이 마음에 드나 봐요.

아기 수달들의 생일은 4월 9일

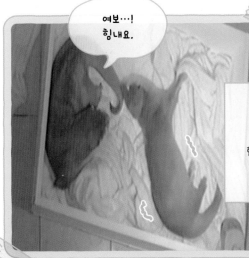

여보…!
힘내요.

4월 9일 오전 8시 30분,
모카의 출산통이 시작됐어요.
한참을 진통에 몸부림치던 모카가
힘을 주자 아기 수달의 힘찬 울음소리가
들렸어요. 그 소리에 놀란 토피가
얼른 달려와 모카 옆을 지켜 주었어요.

토피는 처음 본 생명에
많이 놀란 것 같았지만,
계속되는 진통에 힘들어하는
모카 옆을 든든하게 지켰어요.
첫 출산인데도 불구하고
모카는 세 번째 생명까지
무사히 잘 낳았어요.
다정한 토피도 모카와 함께
아이들 곁을 지켰어요.

오늘 아침에
무슨 일이 있었는지
알아요?

제가 새끼를
낳았어요! 어때요?
우리 아이 예쁘죠?

지금은 입맛도 없고,
힘도 없어요.

여보, 내가 미꾸라지
가져갈게요!
이거라도 먹어요.

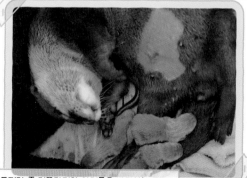

입에 미꾸라지 한 마리,
앞발에도 미꾸라지 한 마리,
모카를 위한 토피의 마음은
백 점!

토피가 준 미꾸라지와 아기들을 바라보는 모카.

아기 수달이 한 마리 더?
한 달 전 병원에서
초음파로 확인했을 때는
세 마리인 줄 알았는데,
네 마리였다니!

우리 아기들,
잘 부탁해요!
전 할미를 믿어요!

아기들이 건강한지 젖은 잘 나오는지 하루에도 몇 번씩
체크해야 해요. 다행히 모카가 경계심 없이 할미에게
아기 수달을 맡겨 주어 수월하게 확인할 수 있어요.

4남매 건강 check

수컷, 51.4g

암컷, 37.1g

수컷, 53.1g

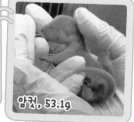
암컷, 53.1g

우리의 첫 가족사진

자, 찍겠습니다~!

 이웃집수달

할미, 할비의 도움이 필요해요

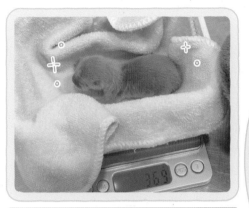

아기 수달들의 몸무게 측정 시간. 전체적으로
몸무게를 유지하거나 증가한 상태였지만, 모카의 모유가
넉넉하지 않고 여러 마리를 동시에 키우는 상황이라
모유가 부족하다고 판단했어요.

망마
주세오!

끼끼

아무래도 미리 준비해 두었던
분유를 줘야겠어요.

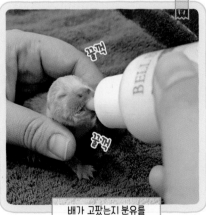

꿀꺽

꿀꺽

배가 고팠는지 분유를
잘 먹어 주는 아기들.

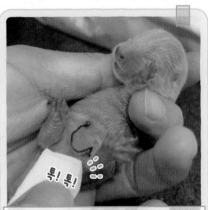

톡! 톡!

갓난아기 수달은 스스로 배변을 할 수 없기 때문에
항문을 자극해서 배변 유도를 해 줘야 해요.

수유 시에는 칼슘을 잘 섭취해야 해요.
칼슘이 풍부한 미꾸라지를 4시간에
한 번씩 주식으로 주고 있어요.

엄마 아빠가 맛있는
미꾸라지를 먹는 동안
새근새근 잠든 아기 수달들.

체력 보충이
필요했어요!
고마워요!

토피

아기들도 챙겨 주고,
우리도 챙겨 주다니!
역시 할미, 할비 최고!

모카

데이트 가는 수달 부부

아기들을 꼬옥 안아 주는
엄마, 모카.

늘 아기들을 살피는
아빠, 토피.

첫 출산이라 모든 게 어설펐던 모카였지만, 이제는 아기들 젖도
잘 물리고 배변 유도도 잘 해 주는 어엿한 엄마가 되었어요.
그 옆엔 든든한 아빠 토피도 늘 함께해요. 아기들은 엄마 아빠의 사랑을
듬뿍 받은 덕분에 아주 건강하게 무럭무럭 자라고 있어요.
불안했던 시기는 지나고, 드디어 여섯 가족에게 안정이 찾아왔어요.

아… 그리운 물놀이!

그동안 너무 답답했어요.

깨발랄하던 모카였는데…, 매일 아기들만 돌보다 보니
바깥세상이 무척 그리운가 봐요. 토피에게 아기들을 맡겨 두고
물그릇에서 혼자 물장구를 치며 놀고 있네요. 두 수달은 며칠 동안 체력을
회복하고 아기들을 집중해서 돌보느라 출산방 안에서만 지냈거든요.
이제 체력도 많이 좋아진 것 같으니 바깥 구경을 떠나 볼까요?

잠깐! 밥부터 먹고 나가요!

여보, 어디서 맛있는 냄새 나지 않아요?

전복인가 봐요!

오랜만의 바깥나들이를
기념해 맛있는 연어와 전복을
준비했답니다.

126

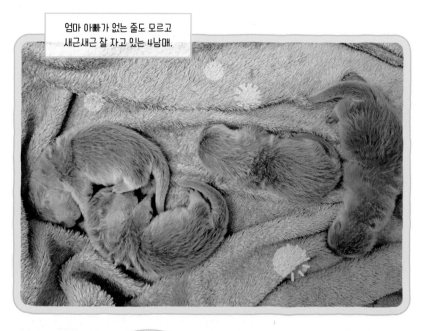

엄마 아빠가 없는 줄도 모르고
새근새근 잘 자고 있는 4남매.

저희
며칠 사이에 제법
수달다워졌죠?

인형 아니고 아기 수달이에요.

우리 모카…, 다 컸네.

어느새 모카가 아기들 곁으로 돌아와 모유를 주고 있네요.
신나게 놀다 보면 잊을 법도 한데, 아기들 모유 시간을 꼭 지키는 엄마 모카.

그 사이, 토피도 얼른 돌아와서
아기 수달들과 모카의 안전을 위해
보초를 서고 있어요.
집 위로 올라가 고개를 들고
매서운 눈초리로 주변을 둘러봐요.
토피 덕분에 모카와 아기들은 안전해요.

아기 수달의 폭풍 성장

누구시죠?
전 수달인데요.

귀염둥이 4남매가
드디어 눈을 떴어요.
난생처음 보는 것들이
신기한지 조그마한 눈을
요리조리 굴리고 있네요.

수달이 눈을 뜨는 시기는 28~47일 사이예요.
생후 28일부터 첫째가 눈을 뜨기 시작하더니
40일째에 네 마리의 수달이 모두 눈을 떴어요.
배냇짓만 하던 때와 달리, 눈을 뜨면서
움직임이 눈에 띄게 활발해졌어요.

하~~품

버둥버둥

하지만 아직 앞다리와
뒷다리를 쓰는 건
어색한 모양이에요.
뒷다리와 앞다리가
제각각 움직이네요.

우웅~?

아기 맹수들의 힘겨루기 한 판!

쿠엉!

으악, 좁다 좁아.

이 녀석들 때문에 아주 정신이 하나도 없어요….

이빨이 나는 중이라서 잇몸이 간지러운가 봐요. 서로 깨무는 장난을 많이 쳐요.
그렇게 티격태격 놀다가도 금방 다시 스르륵 눈을 감아요. 아직은 잠이 많은 나이거든요.
이제는 몸집이 꽤 커져서 모유를 먹을 때마다 치열한 자리싸움을 해야 하지만,
여전히 모유가 제일 맛있대요.

여보, 힘들죠?
당신 최애 장난감
가져왔어요.

감동

세상 타정

옹옹?

→ 전에 싸웠던 그 오리

토피가 갖다준 장난감을
꼭 안고 잠든 모카.

안녕, 날 소개하지. 내 이름은

4남매에게도 어린 시절 모카에게 해 준 잠옷을
선물하기로 했어요. 이번에는 모카의 잠옷보다 시원하고
배변 유도도 가능하게 만들었어요.

귀여운 잠옷 만들기는
1장 〈따뜻한 겨울 잠옷 선물〉 편을
참고해 주세요.

모카 꼬물이 시절

버터(Butter)

이름: 버터(Butter)　버터가 들어간 음료에서 따온 이름이에요.

성별 : 수컷　현재 제일 크고 몸무게가 많이 나가요.

솔티(Salty)

이름: 솔티(Salty)　스윗 앤 솔티 모카라는 음료에서 따온 이름이에요.

성별 : 수컷　눈이 똘망똘망하고 가장 활발해요.

메이(May)

이름: 메이(May)   메이플 피칸 라떼라는 음료에서 따온 이름이에요.

성별 : 암컷   코와 입 주위가 분홍색이에요.

오뜨랑 메이는
정말 비슷하게 생겼죠?

오뜨(Oat)

이름: 오뜨(Oat)   오뜨 라떼라는 음료에서 따온 이름이에요.

성별 : 암컷   제일 작게 태어났지만 지금은 두 번째로 크고 사람에게 제일 관심이 많아요.

신기하게 아기 수달끼리는 늘 붙어 있어요.
체온을 유지하기 위해서 그러는 걸까요?

오뜨

솔티

메이

버터

아기들의 옷을 보고 누가 누군지 맞혀 보세요.

똥꼬발랄 아기 수달들

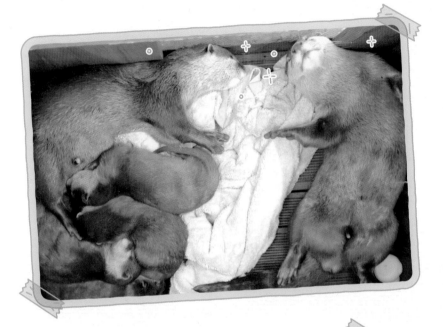

아기들이 성장하면서 더욱 활발해졌어요.
얼마 전까지만 해도 겨우 걷던 아이들이 이젠 스스로
응가도 할 줄 알고, 여기저기 점프하며 뛰어다녀요.
그런 아기들을 위해 활동 반경을 넓혀 주면서도 안전하도록
안전 놀이방도 만들어 줬지만, 놀이방에서 노는 것도 잠시,
금세 엄마한테 와서 찰싹 붙어 있는 아기들 때문에
모카와 토피가 아주 피곤해요. 고된 육아로 지친
모카와 토피가 깊은 잠에 빠져 있네요.

엄마~, 이제 그만 일어나서 놀아 주세요.

하지만 아기 수달들이 이를 가만둘 리 없죠. 잠에서 깬 메이가
엄마를 깨우기 시작했어요. 난리 통에 잠에서 깨 버린 모카가 눈을 떴어요.
토피도 덩달아 단잠에서 깼지만, 아이들과 놀아 줄 생각은 없어 보이네요.
아기 수달들은 단호한 아빠 대신 엄마에게 놀아달라고 보챘어요.
마음 약한 모카는 짜증 한 번 내지 않고 아기 수달들을 쓰다듬어 줬어요.

눈 뜨라구요~.

거참, 이 녀석들!
꿀잠 자고 있었는데.

참

아빠 일어남

할미…,
육아는 힘든 거였구나?

숙면 ㅋㅋ

오리 장난감으로 놀아 주기

얼마 전까지만 해도 아기였던 모카가 엄마가 되어 힘들어하는 모습을 보니 마음이 아파요.
그런 할미의 마음을 알았는지 모카가 할미에게 다가와 낑낑 울어 댔어요. 할미의 따뜻한 손길에 모카는
다시 단잠에 빠졌어요. 모카가 조금이라도 더 잘 수 있도록, 할미가 아기 수달들을 돌봐 주었어요.

엄마,
놀아 주세요!
빨리빨리!

고마워요.
덕분에 조금 더 잘 수
있었어요!

1시간 뒤,
다시 돌아온 모유 수유 시간.
모카야, 조금만 더 힘내~!

엄마는 잠이 필요해

이웃집수달

참방참방 수영 수업

수달 TMI!
생후 두 달이 되면,
수영을 배운답니다.

참방

참방

너무
재미있어요~!

홀로 물장난을 치고 있는 오뜨.

뭐야?
나도 나도!

태어난 지 50일이 되어서인지
물에 부쩍 관심이 많아진 아기 수달들.

물그릇이 수영장이 되었네요.
아기 수달들도 드디어 수영을
배울 때가 된 것 같아요.

작은 박스에 물과 장난감을
채워 넣어 아기 수달들을 위한
미니 수영장을 만들어 주었어요.

차례대로
잘 따라오렴.

장난감이
엄청 많아!

아직 수영에 익숙하지 않은
아기 수달들은 수영장에
관심이 없어요.

여기로
들어오렴.

덥석

그러자 모카가 물속으로
확 끌어당겼어요.

엄마, 잠깐만요!

수달 TMI!
수달에게 수영은 생존하는 데 아주 중요한 부분이기 때문에 자식에게 엄격하게 가르쳐요.

야생에선 더 힘들 거야! 오늘 제대로 배우도록!

엄마 꼬리 잡고 빙빙!

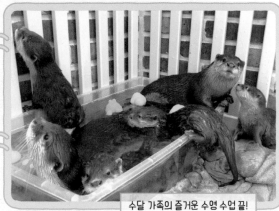

수달 가족의 즐거운 수영 수업 끝!

저희도 먹고 싶다고요

오늘도 수달 가족은 뒹굴뒹굴하며 한가로운 나날을 보내고 있어요.
그런데 어디서 모카의 후각을 자극하는 냄새가 솔솔.

모카, 토피의 최애 간식은 소금기를 쫙 뺀 오징어예요.
라떼와 돌체도 오징어 냄새가 나면 저 멀리서 달려올 만큼 좋아해요.
과연 4남매도 오징어를 좋아할까요?

버터
메이 솔티
오뜨

식탁 대장 버터와 호기심 요정 오뜨도
오징어 근처로 다가왔어요. 메이와 솔티는
아빠 옆에 딱 붙어서 유심히 관찰하네요.
모카는 다가온 아이들에게 오징어를
먹는 방법을 알려 줬어요.

이걸 어떻게
먹는 거지?

징념의 오뜨만
마지막까지 남아서
계속 도전 중.

맛있는 냄새를 맡고 온 아기 수달들이 밥그릇 주변으로 모두 모였어요.
태어난 지 60일쯤 된 수달은 모유를 먹으면서, 어른 먹이에 관심을
보이는 시기이기도 해요. 아기 수달들은 오징어를 입에 넣었다가도
아직 씹는다는 행위 자체가 어색하고 어려운지 다시 뱉어 냈어요.

3대 미꾸라지 사냥꾼

미꾸라지 1대 사냥꾼: 돌체와 라떼

미꾸라지 사냥 중

미꾸라지처럼
헤엄치는 라떼.

한 번에 미꾸라지를
세 마리나 잡은 돌체.

미꾸라지 2대 사냥꾼: 모카와 토피

Q: 수유를 하는 모카가 가장 좋아하는 음식은?

A: 미꾸라지!

여보…, 또 내 미꾸라지 뺏으러 왔지….

내 꺼, 줘~!

미꾸라지는 양보 못 해!

맛있게 미꾸라지를 즐기는 모카.

모카에게 미꾸라지를 빼앗긴 토피는 다시 수영장에 들어가서 미꾸라지 한 마리를 물고 오는데….

아빠가 맛있는 거
가져왔단다.

토피가 아기들 먹이려고
갖다준 거였어요!
감동이야…!

수유 중인 모카에게
늘 미꾸라지를 챙겨 줬던 토피!
이젠 아기 수달들까지 챙겨 주는
멋진 아빠예요.

4남매 어렸을 적

아빠, 근데
이거 어떻게
먹어요?

난생처음 본 미꾸라지를 보고,
어쩔 줄 몰라 하는 오뜨.

그런 오뜨에게 다가오는 아기 수달들.
뺏기지 않으려는 자 VS 빼앗으려는 자

149

4남매의 60일간의 성장 기록

#엄마 아빠 첫 만남

#초음파

#임신

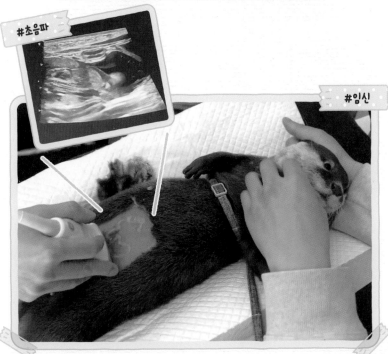

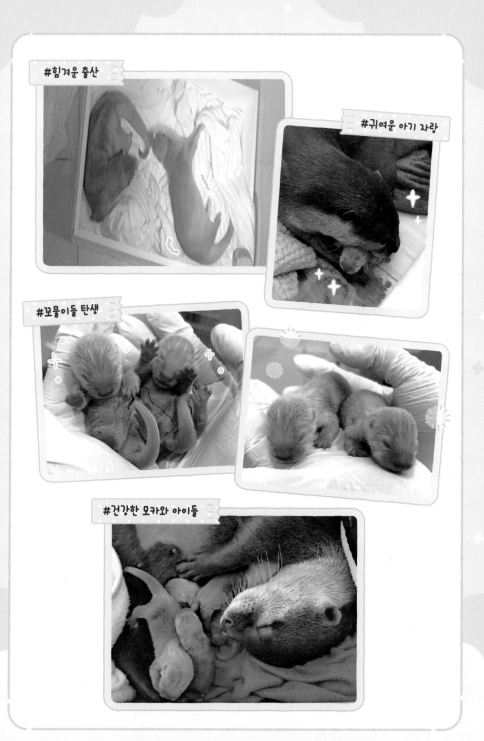

#힘겨운 출산

#귀여운 아기 자랑

#꼬물이들 탄생

#건강한 모카와 아이들

#할미 할비의 도움

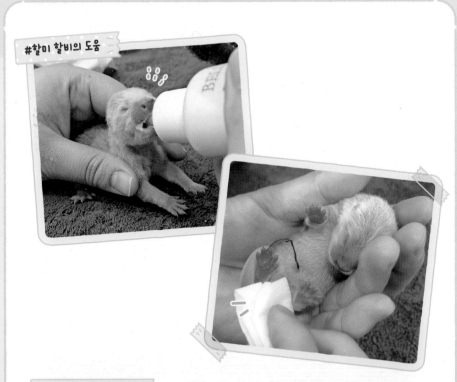

#놀라운 모성애, 부성애

아기 수달들의 처음 시리즈

1 처음으로 갈색 털을 갖게 되었어요.

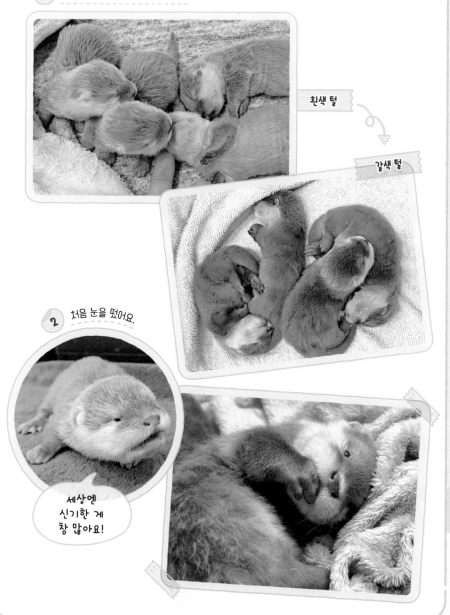

흰색 털

갈색 털

2 처음 눈을 떴어요.

세상엔
신기한 게
참 많아요!

3 첫걸음마를 뗐어요.

4 첫 수영을 했어요.

앞으로도 아기 수달들은
수없이 많은 처음을 겪게 되겠죠?
씩씩하게 성장하는 이웃집수달들을
지켜봐 주세요.

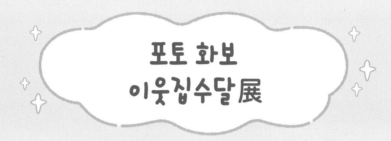

Chapter 3

포토 화보
이웃집수달展

귀염뽀짝 뽀시래기 모카 모음ZIP

꼬물이 모카

만두 모카

치명적인 뒤태 모카

코오~ 모카

하잇 모카

두 손에 쏙 모카

밀짚모자 모카

애착 인형과 모카

깨물 모카

모카 한 바구니

꿈속 여행 모카

지루한 모카

카메라 쳐다보는 모카

수영하는 모카

돌라모 가족사진

라떼

돌체

모카

돌체, 라떼, 모카. 우리는 돌라모!

꼬물이 모카와 라떼

아기 모카와 돌체

육아에 지친 돌체와 라떼

모카와 토피 연애 시절

첫 만남

우리는 운명

딱 붙어 있을 거야!

똥꼬발랄 4남매

엄마, 아빠와 함께

버터, 솔티, 메이, 오뜨

꼬까옷 입은 4남매

우리도 간다!

둘이서

3층 수달 석탑

우리는 4남매

수달 미식회

니들이 게맛을 알아

문어를 질겅질겅

조개 인어공주

미꾸라지 사냥꾼

이래 봐도 사랑하는 중입니다

끼아아 11111

끼아아 22222

잡힘 11111

잡힘 22222

Chapter 4

신비한
수달 사전

수달에 대해서 알고 싶어요!

수달의 생김새

귀는 털 속에
묻혀 있어요.

온몸에 나 있는
짧은 털은 방수 및 보온
기능이 뛰어나요.

머리는 원형이고,
코는 둥글어요.

네 발에는
물갈퀴가 있어서
헤엄을 잘 쳐요.

꼬리는 끝으로
갈수록 가늘어져요.

*유라시아수달(한국수달)

전 세계에는 13종의 수달들이 분포해 살고 있어요.
그중 〈이웃집수달〉에 살고 있는 수달은 '작은발톱수달'이라는
종으로 몸길이는 60~70cm, 수달 중에 덩치가 가장 작으며
앞발을 사람처럼 잘 사용하고 발톱이 작은 게 특징이에요.

[세계의 13종 수달]
유라시아수달, 아프리카민발톱수달, 작은발톱수달, 콩고민발톱수달, 해달, 북미수달,
바다수달, 긴꼬리수달, 남미수달, 얼룩목수달, 수마트라수달, 비단수달, 큰수달

무리 생활

작은발톱수달은 수달 중에서
가장 강한 사회성을 가지고 있어요.
그래서 두 마리 이상의 수달을 키우거나
온종일 수달 곁을 지켜야 해요.

넘치는 에너지

이제 움직여
볼까?

작은 체구에서 뿜어져 나오는
에너지와 힘이 굉장해요.
게다가 호기심도 매우 많아서 집을
어지르고 물건들을 파괴할 수 있어요.

공격성

이빨이
날카로워요.

귀여운 외모와는 다르게
사나운 성격을 가지고 있어서,
깊은 유대 관계를 가지고 있다가도
불쑥불쑥 공격성을 보일 때가 있어요.

신기한 털

겉 털만 젖고,
속 털은 잘 젖지
않아요.

수달의 털은 이중모로
촘촘한 흰색 솜털과 길고 굵은
갈색 털로 이루어져 있어서,
체온 손실을 막아 준답니다.

수달은 얼마나 똑똑한가요?

사람처럼 손을 사용해요!

저글링도 할 수 있어요.

사람처럼 손(앞발)을 잘 활용하는 수달은 앞발로 먹이를 잡아서 먹거나, 사냥을 해요. 물건을 집어 올리고 옮길 수도 있어요.

12가지 이상의 신호 체계

수달은 12가지 이상의 울음소리를 가지고 있어요. 이 소리로 다양한 감정을 표현하고 서로 의사소통을 할 수 있을 정도라고 해요.

학습 능력과 장기 기억력

최근 연구에서 수달이 장기 기억력과 사회적 학습 능력을 갖고 있다는 사실이 밝혀졌어요. 모카의 경우에도 학습이 이루어지는 모습이 많이 관찰되었어요.

탁월한 문제 해결 능력

강아지 노즈 워크도 저에게는 아주 쉬워요.

머리가 좋은 수달은 특별히 가르쳐 주거나 보여 주지 않아도 빠른 시간 안에 문제를 해결할 수 있는 능력이 있어요.

누구나 수달을 키울 수 있나요?

NO!

수달은 사랑스러운 외모에 똑똑한 지능까지 갖춘 아주 매력적인 동물이에요.
하지만 국제 멸종 위기종으로 우리나라에서는 개인이 키울 수 없는 동물이에요.
수달을 기르기 위해서는 동물원 정식 허가를 받고 전문 인력이 상주해 있어야 해요.

수영장

수영을 하면
스트레스가
풀려요!

수달은 물과 육지를 오가며 사는 동물이에요.
먹이 활동을 위해서뿐만 아니라
건강을 위해서도 수영이 필수인데요.
우리나라에서는 수달의 건강과
복지를 위해 사육장과 수영장의 크기의
조건을 법으로 정해 두었어요.

배변과 털

끙

소음

배변 훈련이 될 만큼 똑똑하긴 하지만
실수하는 경우도 종종 있고, 배변을 여기저기
묻혀서 영역 표시를 하는 습성도 있어요. 그리고
털이 많이 빠져서 청소를 자주 해야 해요.

수달마다 차이는 있지만, 대부분의
수달들은 자주 그리고 시끄럽게 울어요.
울음소리로 의사소통을 하기 때문인데요.
이 소리들이 아름답지만은 않아요.

세계 수달의 날(World Otter Day)

수달은 합법적인 절차와 방법을 통해 키우고 있는 경우도 있지만,
밀수로 데려온 경우가 훨씬 더 많아요. 그로 인해 많은 수달들이
고통을 받고 있어요. 야생 동물 매매 감시 단체인 트래픽(TRAFFIC)이
발표한 보고서에 따르면 2016년부터 2017년 동안 동남아 8개국에서
밀수를 하려다 적발된 수달이 59마리라고 해요.
적발되지 않은 수달까지 합치면 어마어마한 수의 수달들이
밀수되고 있다는 사실을 알 수 있어요. 서식지 파괴뿐만 아니라
이런 무분별한 밀수를 막기 위해 2019년 11월말 기준으로
작은발톱수달은 멸종 위기 2급에서 1급으로 상향되었어요.
또한 수달들을 보호하고, 많은 사람들에게 알리기 위해
매년 5월 마지막 주 수요일을 세계 수달의 날로 지정했어요.
이날에는 밀렵, 환경 오염, 서식지 파괴 등의 이유로
개체 수가 감소되고 있는 수달 보호에 대해 한 번 더
생각해 보는 시간을 갖게 되지요.

함께해
주실 거죠?

안녕하세요? 이웃집수달입니다!

초판 1쇄 인쇄 2023년 11월 16일
초판 1쇄 발행 2023년 11월 27일

원작 이웃집수달
그림 권혁준
본문 구성 박미진
발행인 심정섭
편집장 안예남
편집팀장 이주희
편집 양선희
제작 정승헌
브랜드마케팅 김지선
출판마케팅 홍성현, 경주현
디자인 디자인룩

발행처 ㈜서울문화사
출판등록일 1988년 2월 16일
출판등록번호 제2-484
주소 서울시 용산구 새창로 221-19
전화 02-799-9196(편집) | 02-791-0752(출판마케팅)

ISBN 979-11-6923-240-1